La

Caperucita

Roja

Ilustrado por Graham Percy

PERALT MONTAGUT EDICIONES

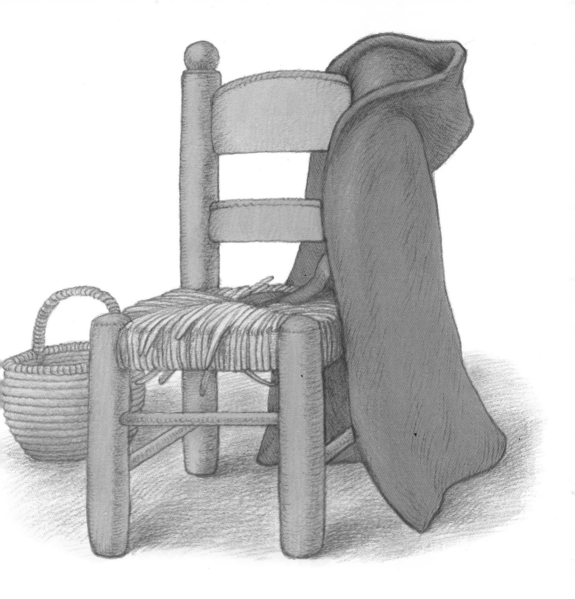

É rase una vez, una niña a quien su abuelita le había confeccionado una hermosa capa roja con una caperuza. Estaba tan hermosa con ella que todos la llamaban Caperucita Roja.

Un día la madre de
Caperucita Roja hizo unos deliciosos pasteles.

Y dijo a Caperucita Roja, «lleva estos
pasteles a tu abuelita. No se encuentra
muy bien y los pasteles la pondrán
contenta».

Caperucita Roja se marchó saltando
alegremente por el bosque.

Pero bajo la sombra
de un gran árbol se
encontró con el lobo.

El lobo pensó en comerse a
Caperucita Roja allí mismo,
pero tuvo miedo porque cerca estaban
unos leñadores cortando leña.

Así que le preguntó
dónde iba.

«Voy a llevar unos pasteles a mi abuelita», le respondió Caperucita Roja.

«¿Vive muy lejos tu abuelita?» le preguntó el lobo.

«Su casa está al
otro lado del
bosque, cerca
del molino.»

El lobo después de
pensarlo mucho le
dijo «lástima que yo
no vaya por
ese camino, así
que hasta otra
ocasión.»

Y el lobo se marchó corriendo entre los árboles del bosque.

Caperucita siguió su
camino, entreteniéndose en
recoger castañas y
cortando flores.

El astuto lobo fue directamente
a la casa de la abuelita y llamó a
la puerta.

«¿Quién está ahí?»,
dijo la abuelita.

«Soy yo,
Caperucita Roja», contestó
el lobo con voz aniñada.

«Entra querida»,
dijo la abuelita
desde la cama.

En cuanto el lobo entró, se comió a la anciana abuelita. Y se puso su camisón y su gorro de dormir, después

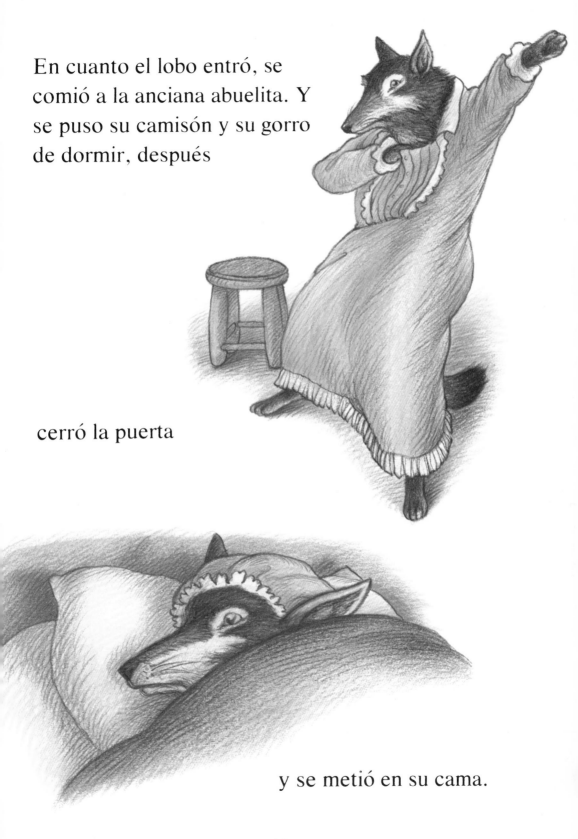

cerró la puerta

y se metió en su cama.

Cuando llegó Caperucita Roja,
llamó toda contenta a la puerta.

«¿Quién está
ahí?», respondió
una voz extraña y
ronca.

«La abuelita debe tener un resfriado muy fuerte», pensó Caperucita Roja. «Su voz es muy ronca.»

Pero dijo, «soy yo, Caperucita Roja. Te traigo unos pasteles muy ricos que te ha hecho mamá».

«Entra querida», dijo el lobo.

Cuando Caperucita entró, el lobo se escondió
debajo de las mantas y le dijo,
«pon los pasteles encima de la
mesa y ven a darme un beso
muy fuerte».

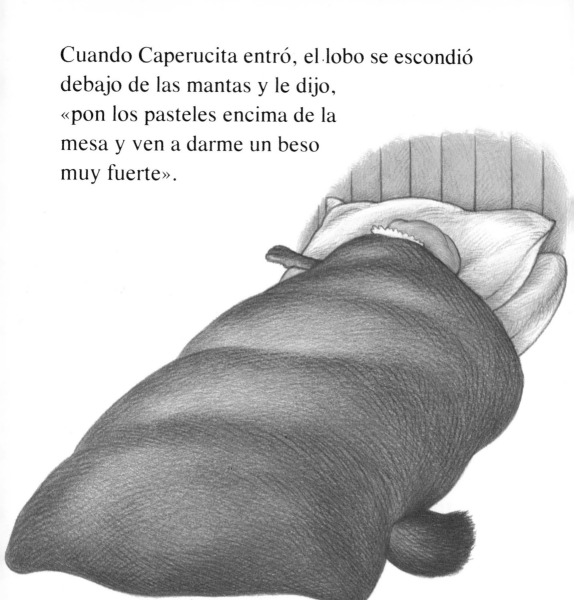

En cuanto Caperucita Roja se acercó
a la cama, vio rara a su abuelita.
«Abuelita, qué brazos tan grandes tienes», le dijo.
«Son para abrazarte mejor, querida,»
le respondió el lobo.

«Abuelita, qué ojos tan grandes tienes.»

«Son para verte mejor, hijita.»

«Abuelita, qué orejas tan grandes tienes.»

«Son para oírte mejor, cariño.»

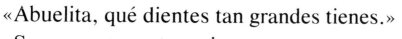

«Abuelita, qué dientes tan grandes tienes.»
«Son para comerte mejor.»

Y dicho ésto, el lobo se abalanzó sobre Caperucita Roja con intención de comérsela.

Por suerte, pasaba por allí un cazador
que al oir el alboroto, entró y salvó a
Caperucita de las fauces del lobo.

El cazador mató al lobo y lo abrió por la mitad, y de dentro del vientre salió la abuelita.

Todos fueron muy felices. El
cazador se llevó a casa la fina piel del lobo.
La abuelita se comió los deliciosos
pasteles para acompañar el té.

Caperucita Roja prometió que tendría más
cuidado cuando caminara por el bosque, y que
nunca más volvería a hablar con un lobo.